새들이 초록 귀를 달고

KB193301

시와반시 기획시인선 031

# 새들이 초록 귀를 달고

황명희 시집

시와반시

| 차례 |

**제1부** 등 굽은 빵 냄새

**제3부 첨부파일**

**해설**

# 제1부

등 굽은 빵 냄새

오솔길*


두루마리 휴지 한 칸만 뜯으려다 놓쳐버렸습니다 겹쳐진 하얀 휴지 사이로 햇빛이 길게 스며들자 예전에 알지 못했던 먼 숲이 물결칩니다 물결 사이로 얼핏 보송보송한 오솔길이 오솔길을 따라 갑니다

오솔길에서 오솔길이 좋아하는 오솔길에게만 닿는 와이파이를 켰고 어느 날 산책길에서 계단에 떨어져 있던 새끼까치를 발견해서 오솔길 입구 수수꽃다리 나무 밑에 묻어주었고 고양이가 훔쳐가지 않길 기도하기도 했어요 비가 온 뒤 오솔길에 생긴 물웅덩이가 찰랑거릴 때 건너가던 누군가의 발목이 젖을까 봐 조마조마하게 바라보기도 했지요

오솔길은 먼 숲이 제 그늘을 가장 먼저 묻어두는 곳이에요 먼 숲의 그늘이 흩어질 때면 오솔길 물웅덩이에 흰 구름이 가득 찰 거예요 나는 휴지 한 칸만 뜯고 싶었지만 지금은 아니에요 오솔길을 따라간 오

솔길이 보송보송한 흰 구름 신발을 신어야 하니까요

\* 수성구 황금동 소재 무학산 끝자락

11

# 연어답다[*]

연어답다는 연어의 거룩한 삶까지 포장해드립니다
라고 써 놓은 가게 문을 열자 연어들이 우르르 떼 지
어 몰려왔다 강을 거슬러 오르던 한 생애를 누군가
경건하게 건져 올려 연어답다란 토막 난 말로 쟁여
놓은 곳, 냉장실의 붉은 몸 도막에 일렁이는 물결들
이 내 눈길을 끌어당긴다 연어답다의 젊은 주인은 유
난히 붉은 살을 집어 들더니 저울에 달아 투명한 랩
으로 포장하기 시작한다 거센 물살을 거스르며 헤엄
치던 연어의 가파른 기억을 단단히 옭아매기라도 하
려는 듯이

나는 투명한 랩으로 단단하게 포장되어 있던 연어
를 끄집어내어 연어답다로 토막낸다 연어답다 속에
얼룩져있던 연어답지 않다가 보인다 연어답지 않다
를 토막낸다 연어답지 않다에 얼룩져 있는 연어답다
가 보인다 연어답다와 연어답지 않다 사이에 출몰하
는 바닷물과 냇물들의 밑바닥을 들추어 본다 연어답

다와 연어답지 않다 사이 미끄러지는 몸부림을 꽉
움켜쥔 어머니의 쭈글한 손의 내력을 가늠해 보려
는 듯이

　연어답다는 바닷물과 냇물의 서로 다른 생각들이
엇갈려 새겨진 탄탄하고 붉은 욕망, 혹은 몸부림의 서
사가 기록된 오래된 서적일까 혀끝에 살살 녹아내리
는 부드러운 촉감과 가파른 침묵이 연어답다로 포장
된 붉은 당신의 생애를 찾아 벚꽃 흐드러지게 핀 산
길을 걸어간다 수천 마리 연어 떼가 등 뒤에 우르르
몰려오고 있는 것 같아 뒤돌아보니 벚꽃이 새떼처럼
날아들고 있었다

　* 수성구 황금동 골목 안 연어구이 가게

# 허밍 테이블*

무학산 오솔길 입구에 허밍테이블이 있다 간판에 허밍 하는 발랄한 여자의 모습을 하얀 바탕에 초록색 선으로 그려놓아 눈길이 간다 무엇을 파는 곳인지 가끔 주인 여자만이 테이블에 앉아 먼지가 일지 않는 무학산 오솔길을 바라보거나 허밍을 하며 무언가를 만지고 있다 문을 활짝 열어놓고서

가끔 그 가게 앞을 지나다 보면 이상하게도 간판의 실금에서 초록 허밍이 들려와 귀 기울이게 되고 초록 허밍은 바람의 마디마디 마다 허밍으로 돋아나서 잎이 되고 넝쿨이 되어 오솔길을 덮고

모르는 누군가를 기다리는 일은 빈집에 쌓인 수북한 허밍에 또 허밍을 하는 일 허밍이 허밍을 부르고 또 허밍이 허밍을 부르면 오솔길이 생기고 오솔길 한 켠 수북하게 먼지 쌓인 빈집이 보이면 먼지가 불현듯 빈 테이블 위에 오래된 서까래 같은 기다림의 두께를

만든다 목멘 그리움도 아닌데 기다림으로 목이 메고
목멘 기다림도 아닌데 그리움으로 목이 메고 조그만
소리로 불러보는 허밍에는 허밍만이 허밍으로 쌓여
가고 여태껏 한 번도 무엇을 팔고 있는 걸 본 적이 없
는 허밍테이블 다 저녁 골목길 가로등에는 차례대로
불이 켜져만 가고 가로등 멀리 걸어오는 누군가의 그
림자가 얼핏 보인다

　따스한 햇볕이 가게 안을 기웃거리거나 허밍이 오
솔길을 데려오는 날 그 땐 모르는 누군가가 모르는
누군가를 데리고 허밍을 하며 허밍 테이블에 한 발
을 들여놓겠지 주인여자가 허밍을 하며 무언가를 만
지고 있고 나는 허밍을 하며 오늘도 허밍테이블 앞을
천천히 지나가고


　* 수성구 황금동 골목 안 수제청 가게

## 모서리를 세우는 일

　세탁소가 있는 골목길에 들어서면 가끔 바람이 각을 세운다 그 때는 골목길도 길쭉하게 각이 서고 공터에 모여드는 낙엽도 뾰족하게 각이 선다 어쩌다 한적한 곳에 굴러다니던 어떤 한 모서리가 각이 서면 다음 모서리도 각이 세워지고 누군가 지나가듯 혼잣말을 해도 혼잣말의 모서리가 각을 세운다 모서리가 모서리를 세우고 세워진 모서리가 다시 모서리를 세우면 바람의 각은 점점 정오를 향해 달구어지고 직각의 예감이 햇빛의 모서리를 찌르면 한적한 골목길도 집들도 모서리를 세우고 쭈글쭈글한 세탁소 유리창 사이로 다림질 하는 남자의 모습에도 모서리가 세워진다

　한때 바람의 모서리는 쭈글쭈글했다 쭈글쭈글하던 바람의 모서리가 각을 세울 때마다 세탁소 남자가 다림질 하는 블라우스의 제비꽃 꽃잎에 하늘이 스며들고 세탁소 이름이 향기세탁소*로 바뀌어 갔다 남자가 다림질할 때마다 각은 부드럽다는 새로운 문장이

골목길을 서성이며 모서리를 세웠다 바람이 반듯하게 모서리를 세우는 것과 세탁소 남자가 부드럽게 모서리를 세우는 일은 같다란 생각이 골목길을 천천히 거닐게 했다

* 수성구 황금동 골목 안 세탁소

# 모퉁이e[*]

　동네 골목 한 모퉁이의 모서리가 길 가는 사람들의
발소리에 깎이면, 깎인 모서리가 노을을 묻혀와 붉
은 제라늄을 피워 올리는 모퉁이e 찻집이 있지 찬바
람이 길 가는 사람들의 옷깃을 세우면 구석 한 쪽에
피어있는 붉은 제라늄도 모서리가 깎여 더 붉은 꽃을
피우지 제라늄의 꽃잎 안쪽이 유난히 검붉어 질 때면
크기가 다른 99개의 등 아래 넓은 탁자에서 수제쿠키
를 만들고 있던 모퉁이e 여자주인이 수제쿠키 맨살
에, 어디에 있든 당신 곁에 있을 거야라는 문장을 초
콜릿으로 달콤하게 새기기 시작하지 주문 받기를 기
다리는 내 눈빛도 모서리가 깎일 때쯤이면 남자주인
이 어깨를 들썩거리며 모퉁이를 걸어 나와 느리게 말
을 건네는 찻집이라네

　모퉁이e 한쪽 구석에 앉아 길 가는 사람들을 액자
처럼 창문에 끼워보면 창문에서 깎여나간 모서리가
어느새 생맥주 거품으로 부드럽게 부풀어 길 가는 사

람들의 입술에 깊숙하게 스머들지 바람의 모서리도 골목길의 모서리도 깎여나가 제라늄 향기로 붉게 리필 되는, 창가에 앉아 너를 그리워하는 내 눈빛도 모서리가 깎이면 모퉁이e 찻집의 크기가 다른 99개의 등 아래 넓은 탁자가 당신이 웃던 그날처럼 환해지지 모퉁이가 피워 올린 제라늄 붉은 꽃 바라보면 뚝뚝 떨어지는 노을의 모서리가 오솔길 모퉁이에 환한 문장으로 앉아있는 당신을 붉게 물들이기 때문이라네

* 수성구 황금동 골목 안 카페

## 오늘도 그 집* 앞을 지나갑니다


오늘도 그 집 앞을 지나갑니다 여전히 내 머리부터 발끝까지 훔쳐보는 보이지 않는 어떤 눈빛 때문에 자꾸만 옷깃을 여밉니다 나는 재빨리 걷습니다

단지 온통 오늘 할 일 없음에 대해 몰두하던 중 길가에 핀 노란 풀꽃을 잠시 곁눈질한 것뿐인데 누굴까? 의문이 의문 속에서 계속 허우적거리다가 불안한 들고양이를 불러들입니다 무심코 왼쪽으로 고개 돌려 바라본 순간 그 집 벽면에 세로로 길게 쓰인 저 문장

무료함을 견적해드립니다!

아, 저 문장이 나를 날마다 훔쳐보았구나 바람이 어지럽게 불어옵니다 저 문장이 왜 나를 훔쳐보았을까 아무리 생각해도 의문이 풀리지 않는 사이 바람이 산새를 데리고 무학산을 넘어갑니다

흐린 달빛에도 끝없이 가라앉는 마당처럼 출입구를 잃어버린 골목길처럼 오늘도 그 집 앞을 지나가는 내 무료함을 견적하는 저 문장의 주인은 문이 있어도 문을 보지 못하고 무학산 밑 타일가게 앞을 지나가는 걸음 빠른 들고양이인 것 같습니다

\* 수성구 황금동 골목 안 타일 가게

# 워시아우어* 1

워시아우어 탁자에 내려앉은 햇빛이 하얗다 하얀 햇빛이 불러낸 먼지들의 틈으로 골목 모퉁이 제비꽃이 얼룩얼룩하다

꽃잎 벙그는 소리, 벚꽃 잎들 굴러다니는 소리, 당신과 내가 주고받던 속삭임, 강아지들이 짖는 소리들이 가라앉거나 떠다닌다 지금은 없는 주택들이 전봇대에 전세 놓음으로 새로 지어진 빌라들이 전봇대에 월세 놓음으로 붙여진 골목이 그 소리들을 업고 햇빛 속에 차곡차곡 쌓여 제비꽃을 피워 올렸을까 골목 모퉁이에 제비꽃이 투명한 보라색으로 모여 앉아있다

드럼세탁기가 돌아가고 있다 둥근 거품들이 부글거린다 당신과 함께 산책하던 오솔길 솔밭 냄새가 제비꽃 향기와 섞여 워시아우어 안을 부풀부풀 떠다니고 있다 거품들이 내 옷에 묻혀 있던 당신을 불러내고 있다 아니, 내가 당신을 불러내었을까?

커피 잔에 햇빛이 하얗게 앉아 있고 위시아우어 안에 둥글둥글 거품들이 떠다니고 건조기에 옮겨진 당신도 바싹 마른 수만 톨의 투명한 먼지가 되어 떠다니다 골목의 소리들에 얹혀 제비꽃 향기로 태어날까

골목 모퉁이 제비꽃무리 보라색이 더 투명해졌다

* 수성구 황금동 골목 안 무인 세탁소

## 워시아우어 2

  건조기 속에서 가볍게 마른 롱 패딩을 꺼내 든다 이리저리 살펴보아도 얼룩 한 점 보이지 않고 말끔해졌다 얼른 탁자에 두고 마시던 커피 잔을 든다 그동안 하얀 햇빛이 커피 속에 켜켜이 스며들었는지 커피는 연갈색이 되었다 묵혀진 시간의 색일까 사라진 시간의 색일까 옅어진 갈색들이 잊고 있던 기억 속의 자잘하고 세밀한 이야기들을 부드럽게 꺼낸다 롱패딩 속에 묻혀있던 당신과의 추억이 부풀부풀한 비누방울 속에서 뒤섞일 때 검은 슬픔으로 때로는 짙은 갈색의 후회로 보였다가 사라지곤 한다 이젠 맡아볼 수 없는 당신의 향기, 당신의 살갗들이 말끔하게 사라지는 것 같아 자꾸만 전전긍긍해진다 커피 한 모금 마신다 사라진다고 생각하는 것은 어쩌면 슬픔의 끝으로 내가 읽은 것뿐 나는 사라진다는 것을 마른다는 것으로 또 기억이 뽀송뽀송하다는 것으로 다시 읽은 후 식은 커피를 후루룩 마시며 창밖을 본다

창문 밖 햇살 바른 곳으로 옹기종기 모여드는 가랑잎들 뽀송뽀송하다

# 워시아우어 3

　침잠되어 있던 것들 빙글빙글 세탁기 속에서 돌아가고 있다 내 강아지 미르가 둥글게 돌아간다 얼른 꺼내야지 발을 동동 구르다가 잠에서 깼다

　미르야, 네 검고 물기어린 큰 눈, 안고 있으면 자꾸만 뒤돌아보고 쳐다보고 또 쳐다보던 물기 그렁한 검은 눈, 내 얼굴 네 눈 속에 담아두려 그랬구나 집에 혼자 있을 때 그 눈을 떠올리며 나는 운다

　워시아우어에 나를 데리고 간다 거품 이는 통 속에 나를 넣고 돌린다 퉁퉁 부은 내가 돌아간다 헹궈지고 탈수되어 먼지 같은 내가 너를 안고 돌아간다 돌려도 돌려도 탈수해도 멈추지 않는 눈물, 울음 속에 내가 돌아간다 울음이 자꾸 나를 끌고 돌아간다

# 등 굽은 빵 냄새

수성구 황금동 골목 모퉁이에는 모퉁이 빵집*이 있습니다 누군가 문 열고 들어가면 등 굽은 빵 냄새가 기어나갈까 봐 재빨리 문이 닫힙니다 손수레를 멈추고 등 굽은 할머니가 유리창 안을 물끄러미 들여다봅니다 빵집 바닥에는 지는 해 뜨는 별이 납작하게 엎드려 있습니다 누군가 문을 열고 나가자마자 누군가의 문이 서둘러 닫힙니다 등 굽은 빵 냄새가 구불구불 기어나가려다 닫힌 출입문에 발목을 잡힙니다 할머니는 황급히 손수레를 끌고 폐지가 기다리는 폐지의 골목길로 들어섭니다

수성구 황금동 골목 모퉁이에는 모퉁이 빵집이 있습니다 등 굽은 빵 냄새가 기어나가지 못하도록 재빨리 문이 닫히는 등 굽은 빵집이 있습니다 모퉁이 빵집은 동네 이름이 황천동일 때 할머니의 어머니가 미나리꽝을 가꾸던 곳입니다 폐지 골목 한 바퀴를 돌아나온 할머니의 굽은 허리가 유리문을 물끄러미 들여다

봅니다 빵집 바닥에는 봄날을 기다리는 미나리꽝 푸른 살얼음이 납작하게 엎드려 있습니다

　미나리꽝에서 모퉁이 빵집까지, 황천동에서 황금동까지 할머니의 등 굽은 골목길은 아득한 폐지의 기억입니다

　오늘은 비가 내려서 골목길은 무겁고 손수레 발걸음은 침침합니다 봄비가 내려서, 낯익은 사내가 모퉁이 빵집의 문을 열고 들어섭니다 쾅! 하고 문이 서둘러 닫힙니다 할머니의 등 굽은 허리가 쾅! 하고 낯익은 사내 등에 부딪칩니다 꽃 댕기를 맨 할머니의 그날이 미나리를 다듬고 있었습니다 검은 상복 입은 할머니의 난데없는 그날이 땅바닥을 쥐어뜯고 있었습니다

　수성구 황금동 모퉁이에는 모퉁이 빵집이 있습니

다 할머니의 손수레가 하도 많이 돌고 돌아서 모퉁이
가 다 닳아 반질거립니다 모퉁이가 다 닳아서 할머니
기억 속의 미나리꽝이 빛바랜 사진처럼 그늘이 짙습
니다 그렇다 하더라도 어찌할 수 없습니다 폐지를 가
득 실은 할머니의 손수레가 오늘도 모퉁이 빵집 앞을
지나갑니다 꿈 실은 낙타 등은 옛 노래일 뿐입니다 할
머니 등에 얹힌 등 굽은 빵 냄새가 구불구불 노을 진
골목길을 끌고 갑니다

* 수성구 황금동 골목 입구 빵집

# 황금역*에는 떠나지 못하는 그가 있다


황금역으로 가는 보도블럭 위에 나이든 고양이 한 마리 떨어진 개나리 꽃잎을 긁어모으려고 안간힘을 쓰고 있다 나는 개나리 꽃잎 하나 주워 고양이 등에 얹어준다

지상철이 진입하는 곳까지 긴 계단을 올라가면 시간을 알려주는 전광판 밑 늘 같은 자리에 그가 앉아 있다 사람들은 지상철이 진입하면 안전선 위에 서지만 차가운 대리석 의자에 앉아 먼 곳을 바라보기만 하는 그는 오늘 아침도 어제 아침처럼 몇 대의 지상철을 그냥 보내고 있다

습기가 남아 있는 햇살이 노랗게 그의 턱수염을 한 올씩 붙잡을 때 그는 서성이다가 창문 너머 고층빌딩에 눈빛을 주기도 하고 그 아래 흐르는 냇물을 물끄러미 바라보기도 한다 마치 물결 따라 동동 떠내려가 버린 노란 개나리꽃잎을 건지기라도 하려는 듯이

안내 메시지와 함께 지상철이 진입 한다 갑자기 그
자리에 그가 없다 헛것이었나 지상철 문이 열리자 나
는 그를 보내고 싶지 않다고 날마다 꾸는 꿈속으로 왼
발을 집어넣는다

　그는 어느 출입문을 이용해서 황금역을 떠났을까
점점 멀어지는 대리석 의자 위에 젖은 개나리 꽃잎 저
혼자 앉아 있다 나이 든 고양이처럼

　　* 수성구 황금네거리 지상철역

## 옛날이 자꾸만 쌓여요

어느 날 무학산 오솔길 입구 빈 가게에 우리 몸에 좋은 빵집이 들어섰다네 벽을 하얗게 색칠하고 군데 군데 초록 화분을 걸어 놓은 그 집, 빵집 주인이 우리 밀로 빵을 만들어 내 놓을 때마다 옛날이 하나 둘 쌓여갔다네 쌓여진 옛날이 문득 주체하기 어렵거나 옛날이 부풀어 내 머리까지 덮을 때 혹은 내 몸이 옛날의 달콤한 것들로 견디기 어려울 때 가장 옛날 같이 부푼 빵을 골라 사온다네 가장 옛날 같이 부푼 빵을 사는 사람은 나 혼자 뿐이었다네 아침에 출근할 때 보았던 수북하게 쌓인 빵들 퇴근할 때까지 그대로 있었다네 빵을 싼 비닐에 닿은 노을만이 연한 주황빛으로 반짝거렸다네 수북하게 쌓인 빵들을 보며 빌라와 주택이 많은 한적한 동네가 아직 몸에 좋은 빵을 받아 들이지 못 하는 걸 알았네 몸에 좋은 건 쓰다는 옛말 이 나부끼는 골목 모퉁이엔 임대 현수막만 바람에 자꾸만 펄럭거린다네 마마스 홈*은 우두커니 무학산 오 솔길만 바라보는 시간이 많아졌다네 옆에 있는 허밍

테이블도 문을 굳게 잠그고 무학산 숲길 도서관에 들어가는 몇몇 사람들과 강아지를 산책시키는 사람들이 이따금씩 지나가는 골목길이 점점 몸을 움츠리는 시간 한적한 동네는 창문을 닫고 어둠 속으로 옛날처럼 사라져갔다네

　까치 한 마리만 캄캄해진 마마스 홈 앞에서 깡충거리고 있었네

* 수성구 황금동 골목 안 유기농 빵집

황금냄비*


황금동 골목 어귀, 등 굽은 빵 냄새가 갇혀있는 빵
집을 돌아 조금만 걸어 들어가면 황금냄비가 그려진
황금냄비가 있다네

그 가게 앞을 지날 때 어쩌다 아무생각 없이 힐끔
쳐다보면 유리창엔 오늘은 쉽니다 이런 문장이 붙어
있어 매일 지나가는 내게 어제는, 오늘은 어떤 날인
지 궁금함을 불러 일으켰다네 어제 같은 오늘인지 오
늘 같은 어제인지 어제와 오늘 사이에 날짜가 문장처
럼 적혀있는지 궁금함이 궁금함의 마디마디에 손가
락 발가락을 걸어놓았다네

그런데
참 이상도 하지

노을이 황금냄비 바닥까지 먹어버린 날인지 황금
냄비가 노을을 먹어버린 날인지 모르겠지만 노을이

너무 노오래서 한 번쯤 유리창 안을 흘깃거리고 싶은 그런 날에는 어제도 오늘도 어김없이 손님들로 북적거린다네 꿈속처럼

　어떻게 찾아왔는지 노을 속에서 금방 걸어 나온 사람들처럼 탁자를 가득 채우면 황금냄비에 담겨진 매운 갈비찜 맛 중간 맛 순한 맛들이 제각각 끓어올라 북새통을 이룬다네

　매운 갈비찜을 먹은 사람들은 울대까지 차오른 노을을 송글송글 땀방울로 밀어내고 중간 맛 갈비찜을 먹은 사람들은 입술에 묻혀있는 노을의 흔적을 휴지로 탁본하고 순한 맛 갈비찜을 먹은 사람들은 어깨에 얹혀있는 노을을 한 가닥씩 풀어 웃음으로 엮고 있다네

　황금동의 황금냄비에는 바닥까지 먹힌 노을이 끓

어오르고 숟가락 소리 달그락거리면 손님들은 저마
다 자신의 생을 매운 맛, 중간 맛, 순한 맛으로 짧게
요약한 채 가게 문을 나선다네

오늘은 쉽니다
이런 문장이 적힌 문을 열고서

* 수성구 황금동 골목 안 김치갈비찜 가게

# 달다구니*

모퉁이에 핀 제라늄 붉은 꽃잎에 닿던 바람이 맞은 편 달다구니 창문에 닿으면 골목이 달콤해진다 그러면 마법에 걸린 듯 지나가던 발걸음들이 앞 다투어 달다구니 가게문을 열고 들어선다

발걸음 따라 든 단어나 문장들, 부풀부풀 향기로 떠다니다 과일 속을 가득 채우기 시작한다 감정들의 맨 꼭대기이거나 가장 중심부에서, 흔들리거나 흘러내리지 않고 꼿꼿한 자세로 겹겹이 채워지고 단단하게 봉인되면 가장 깊은 곳까지 쪼개고 쪼개져 달콤하게 발효된다 달달함, 이내 넘쳐흐른다

달콤한 감정들이 달다구니를 열고 나와 양손가득 과일바구니를 들고 골목을 걸어간다 모퉁이에 핀 제라늄 붉은 꽃잎에 닿던 바람이 골목 안 후미진 곳곳까지 닿는다 환해진 골목, 달빛까지 달콤하다

* 수성구 황금동 골목 안 과일 가게

## 갇히지 않는 달빛


더 마실 커피가 없어 문밖의 어둠을 밀고 나섰다 밀려난 어둠이 빌라와 주택 사이를 캄캄하게 서성거렸지만 아무도 말을 하지 않았다

캄캄했던 골목 끝이 서서히 어둠을 밀치고 달빛에 젖어간다 달의 안쪽에서 누군가가 실꾸리를 감았다 풀었다 또 되감고 있는지 달빛이 얼룩덜룩하다 얼룩덜룩한 달빛 아래로 몇 개 남지 않은 나지막한 주택들 사이에 빌라가 비온 뒤 죽순처럼 여기저기 달빛을 밀치고 우뚝 솟아 있다 빌라에 걸려 웅크리고 있을 달빛의 긴 꼬리, 슬픈 문장으로 읽혀져 온다

주머니 속에 깊숙이 손을 넣고 슬픔들을 감아본다 만져보고 싶었지만 만져지지 않던 슬픔, 슬픔이 빠져나가지 않도록 좀 더 촘촘히 감아본다 마당 넓은 집 감나무 위에 걸려 있던 달빛도 감겨온다 모두 떠나고 없는 빈 집에 혼자 우두커니 앉아 있던 달빛 얼

마 있으면 빌라로 새로 지어지는 그 집을 떠나야 하
는, 슬픔들이 슬며시 걸려 올라온다 달빛의 긴 꼬리
가 만져졌다

　보조개가 예쁜 타샤* 커피 주인이 분홍체크 앞치마
를 입고 문을 열어 빼꼼히 어둠을 밀어내는가 싶더니
창가에 꽂힌 보라색 수국 속으로 걸어 들어간다 클로
즈가 문에 걸린다 다행히 달빛은 닫히지 않았다

* 수성구 황금동 골목 안 커피숍

# 달나라에서는 만리장성*만 보인다


　그는 만리장성에서 온 자장면처럼 시커먼 산적이
에요

　어느 날, 그는 섬 횟집**에 나타나 초장에 회 한 조
각을 흠뻑 적셨어요 회 한 조각에 얼룩진 초장은 붉
은 등을 자꾸만 낳았어요 붉은 등이 가득해지자 오
징어도 소라도 만리장성 속으로 헤엄쳐 가기 시작했
어요

　어느 날, 그는 섬 횟집 그녀에게 카메라를 주며 느
닷없이 달나라에 함께 가자 했지요 달나라에 가면 만
리장성이 잘 보일 거라면서요 그녀는 망설였지만 카
메라를 들고 그를 따라 달나라에 갔어요 카메라에 대
한 유혹 때문이기도 했지만 그녀는 섬에서만 살아 한
번도 만리장성을 본 적이 없었거든요

　달나라에서 그는 자장면 같은 산적이 아니었어요

그는 그녀가 좋아하는 카메라를 몇 대나 더 사 주었
어요

　찰칵찰칵 카메라가 많아진 달나라에서 그들은 지
구를 찍고 있어요 그런데 오직 만리장성만 찍힌다네
요 그들은 자꾸 만리장성을 찍다가 달나라에서 만리
장성을 쌓아 버렸대요

　어느 날, 섬 횟집은 다시 섬으로 떠나가고 그 골목
엔 무성한 소문만 만리장성으로 쌓였대요
　바람 불어 만리장성 허물어지던 어느 날, 골목만이
카메라 찍는 소리를 들었다나 봐요

* 수성구 황금동 골목 안 섬 횟집 옆 중화요리 가게
** 수성구 황금동 골목 안 횟집

## 진심*을 임대합니다


　진심을 임대합니다란 현수막이 걸렸다 비는 하염없이 오는데 날마다 오토바이로 끊임없이 진심을 나르던 배달원들은 다 어디로 갔을까 젖은 현수막 속 젖은 진심이 애처롭다

　바삭바삭한 진심을 썰던 포크와 나이프가 쓰레기통에 던져져 있네 진심의 주인은 어디에서 젖은 진심을 말리고 있을까 돈가스 맛집이었단 소문만 골목에 젖어 군데군데 웅덩이 속에 고이고

　오래 전 진심을 다하던 앳된 그를 보았네 바람이 불어 마음이 흩어진 사람들에게 단단하고 고소한 진심을 주었고 비가 와서 마음이 젖어버린 사람들에겐 튀김옷이 바삭한 진심을 내주었다네 오로지 그 집의 메뉴는 진심 하나뿐이었다네

　축 늘어진 현수막 위로 주인의 행방이 궁금한 물음

표만 수만 개 떨어지고 있었다네

# 그 골목에 가면 가끔 그물에 걸린다

그 집 앞을 지나가다보면 느닷없이 그물에 걸릴 때가 있다 찬바람이 귓불을 꽁꽁 얼게 만든 날, 비가 와서 우울이 땅바닥까지 가라앉은 날은 특히 잘 걸려든다 그런 날은 알 수 없는 말들과 소리들이 웅성거리는 그물삼겹살*에 걸려 찬바람과 우울과 함께 지글지글 굽혀버린다 굽혀버린 우울과 찬바람이 쌈으로 증발할 때쯤 우리는 콩나물 무침을 먹으며 그것들의 행방을 문득 궁금해 하기도 한다

라일락꽃 향기가 못 견디게 짙다거나 제비꽃 보라색이 유난히 투명하다거나 벚꽃이 눈부시도록 환한 어떤 날은 일부러 그 집 문을 열고 들어서기도 한다 그 향기에 내가 묻혀 지글지글 구워지고 그러면 머리카락 끝까지 환해진 등이 수만 개 쏟아져 골목을 환한 그물로 엮어 올린다 라일락과 제비꽃과 벚꽃만큼 눈부신

* 수성구 황금동 골목 안 삼겹살 가게

## 지극한 노랑

노랑으로 겹쳐진 것들, 때론 지극하게 읽혀질 때
가 있다

엄딸* 옷가게 유리창 너머 해바라기 꽃잎들이 노랗
게 겹쳐져 진노랑이 된 티셔츠를 보는 순간 긴 옷소
매만 입는 늙은 엄마가 생각나 가게 안으로 들어섰다
텔레비전 화면에서 먼 나라의 소년이 해바라기 꽃을
들고 한 쪽 손을 흔들면서 환하게 웃고 있었다 가게
안은 해바라기와 해바라기가 반사된 햇빛에 어우러
져 노란 빛이 난무했다

난무한 노랑 속에 구겨지며 새겨져도 드러나지 않
을 한 줄의 문장 같은 짙은 노랑

병원 건물 벽 배관에 매달린 소년이 옷가게 안 거울
을 들여다보고 있다 코비드19에 걸린 엄마가 노란 해
바라기 꽃을 좋아해서 천리 길을 걸어왔다며 주근깨

가득한 소년은 노란 눈물이 얼룩지도록 해바라기 꽃을 계속 흔든다 난무하는 노랑 속에 캄캄한 밤 품삯을 이고 들고 오다 넘어진 젊은 엄마의 팔에 생긴 넓적하고 누런 해바라기 모양의 흉터가 겹쳐졌다

흩어졌다 다시 짙어지는 얼룩덜룩 깊은 노랑

음압병실에 격리된 엄마를 보러 해바라기를 들고 먼 길을 걸어온 소년의 발자국마다 늙은 엄마의 팔에 깊고 넓게 새겨진 해바라기꽃이 짙어진다 짙어지는 노란 꽃 흔들리는 노랑 속에 파묻혀 나는 끝없이 가라앉는다 소년의 까만 주근깨들이 해바라기 꽃잎에 겹겹이 둘러싸여 새카맣게 여물면 자동차로 3시간이면 갈 수 있는 가깝고도 먼 늙은 엄마의 집으로 찾아갈 것이다 노란 해바라기 가득 겹쳐진 짧은 소매 티셔츠를 들고서

늙은 엄마의 집 울타리에 난무할 해바라기들의 지
극한 노랑

* 황금동 골목 안 옷가게

# 고물상* 문틈에 핀 제비꽃


　황금동 동네 골목 안을 걸어 가다보면 고물들이 산더미처럼 쌓여 있는 고물상, 소나무가 멋진 넓은 정원을 가진 주택들이 즐비한 골목 한가운데 버티고 있네 지나가는 사람들마다 한마디씩 하고 가거나 얼굴을 찌푸리는데 어느 햇빛 좋은 날 찌그러지고 낡은 고물상 문틈에 하얀색 제비꽃 몇 포기 옹기종기 얼굴을 내밀고 앉았네 자동차들 지나가며 먼지를 부옇게 날려도 하얀 얼굴 줄지어 바람에 흔들리고만 있네


　망가지고 녹슨 기억과 망각의 틈새에서도 자꾸만 투명해지는 하얀 꽃잎들


　어느 날 하얀색 제비꽃 얇은 꽃잎 층층이 오르내리던 햇빛이 초록 잎들 사이로 보리밥 쌀밥 조밥을 매달아 놓았네 너에게 밥상 차리던 소꿉놀이 기억까지 조롱조롱 매달아 놓았네 한 때는 이란 기억들까지 남김없이 긁어모아 여물었다네

단단하게 여문 햇빛들, 그림자까지 조롱조롱 매달렸네

　* 수성구 황금동 골목 안 고물상

## 아무 것도 아닌 아무 것

　연어답다 가게 앞을 지나갈 때면 꼭 연어답지 않다는 문장이 저절로 떠올라 무던히도 생각이 많았었는데 어느 날 문득 그 가게 없어지고 무제* 라는 간판을 건 가게가 생겼다 하얗게 인테리어를 해서인지 지나가다가 가게 안을 기웃거리면 아무도 보이지 않고 늘내 머리 속만 하얘졌다 무제를 아무 것도 아닌 아무 것으로 읽은 날이 있었다 그러자 정말 아무 것도 아닌 아무 것이 무언가를 하긴 하는지 그동안 보이지 않던 무제라고 쓰인 간판 밑에 초콜릿이라는 글자가 조그맣게 보였다 그 순간 아무 것도 아닌 아무 것이 끝없이 투명한 길을 만들고 그 길이 뻗어가 지평선 아득한 소실점을 넘어 무제의 세계에 달콤함을 몽글몽글밀어 넣고 있었다

　무제를 지나 무학산 공원에 들어서면 아무 것도 아닌 아무 것이 아닌 아무 것인 개망초, 달개비 패랭이 수레국화 코스모스 피어 있고 오솔길 솔밭에 초콜릿

먹으면 절대 안 되는 내 강아지가 솔향기로 뛰어놀
고 있다

　아무 것도 아닌 아무 것이 아닌, 아무 것의 잔잔하
고 투명한 세계

* 수성구 황금동 골목 안 수제 초콜릿 카페

제2부

폭낭의 아이들

# 탁본 1
## ─렉 걸린 한 때

그 섬은 기억의 한 끝이 동백꽃으로 피어난 곳
그 섬은 렉 걸린 역사의 다른 이름

빨간 신호등 앞에 멈춰 서서 무심히 바라본 길가의
동백나무는 꽃잎을 수북하게 떨 군 채 빈 가지를 들
고 서 있었다 사랑하는 사람을 잃은 누군가의 마음
이 동백나무 빈 가지와 같이 공허하리라 생각하고 있
을 때 정지선을 침범한 군용 트럭이 쌩하고 지나갔
다 떨어져 있던 붉은 꽃잎들이 찢긴 살점처럼 산지
사방 흩어졌다 흩어진 꽃잎들은 다시 빈가지에 꽃으
로 필 수 있을까

흩어진 살점들을 갈기갈기 더 찢는 렉 걸린 역사,
전원을 꺼도 다시 한바탕 회오리를 일으키며 정지선
을 침범한 군용 트럭의 막무가내

붉은 꽃잎들의 목 부러진 서사가 수북하게 쌓인 그

섬을 다녀오는 길이었다 렉 걸린 역사의 한 때가 렉
걸린 내 마음의 전원을 다시 켜게 만든 날이었다

## 탁본 2

-폭낭의 아이들*

800명 아이들의 얼굴이 하얀 천에 닿아 펄럭거린
다 하얀 천 800개가 폭낭**에 처연한 위패로 걸려있
다 흰 쌀밥 소복한 800그릇이 800명 소복한 아이들
의 주린 배를 걱정하고 있다

　폭낭의 아이들을 만났다

　폭낭 가지에 다닥다닥 옹이처럼 붙어있는 싹둑 목
이 잘린 이름들, 동백꽃잎 같은 안과 밖이 투명한 그
꿈들을 만지며 나도 모르게 울었다

　죽은 아이들의 영혼처럼 맑은 카메라의 눈이 폭낭
그늘을 들추자 뚝뚝 목이 꺾인 800명의 아이들이 저
녁노을 속으로 새떼처럼 날아올랐다

　탁본이란 위패 속 아이들을 불러내어 하얀 쌀밥을
배불리 먹이는 일, 역사의 기록이란 죽은 아이들의

죽은 꿈을 두루마리처럼 말아 올려 폭낭의 숲을 울창하게 하는 일

　폭낭의 아이들을 다시 만났다

　영화가 끝나자 폭낭의 죽은 가지 끝에서 새 이파리들이 몽글몽글 피어났다 몽글몽글 피어난 800명 아이들의 손을 잡고 영화관을 나왔다

* 2021. 사유진 감독의 4·3 사건 피해 아동들을 위한 추모 영화 제목
** 팽나무의 제주도 방언

# 탁본 3
―흑백 문장


당신은 흑백 문장 속에 갇힌 사람, 흑백 문장인 사람, 흑백 말줄임표로 줄어든 사람

너븐숭이 그 집 문을 열고 들어섰다 박제된 사진 속에서 당신이 박제된 흑백으로 버둥거릴 때 홀로 붉게 피어난 동백꽃 한 송이 나를 반겼다 붉은 아우성들이 우르르 쏟아졌다 박제된 흑백 문장의 틈을 열고 핏빛 동백꽃 봉오리들이 얼굴을 내밀었다 너븐숭이 들녘에서 피어난 당신은 4월의 동백꽃이 된 사람 내 맘 속 흰종이를 붓으로 문지르자 동백꽃들이 역사의 저 편으로 줄기를 뻗고 활짝 피더니 순식간에 붉은 꽃모가지를 뚝뚝 떨구었다

당신은 흑백 문장인 사람, 하지만 당신은 없는 길을 벗어난 사람, 그러므로 아무도 가지 않는 길을 만드는 사람

# 탁본 4
―동백꽃 붉은 심장

작년 봄, 그 집 뒤란 동백꽃 그늘에 붉은 꽃잎들이
무더기로 쌓여있는 창밖을 보며 국수를 먹었었다 창
문을 열어젖힌 동백 향기가 건져 올린 국숫발에 배여
있었다 동백꽃 국숫발은 내 심장의 피를 까닭 없이 붉
게 달구었다 달구어진 심장은 쿵쿵쿵, 동백 꽃잎들이
시들지도 않은 채 목 부러진 이유를 추궁에 가깝도록
궁금해 했었다

올 봄에도 동백 향기 밴 국수를 먹으러 뒤란이 깊
은 그 집을 찾았다 후후 국물을 마시며 국숫발처럼
길게 휴대폰 화면에 달려오는 기사를 읽었다 미얀마
시인 케띠의 심장 없는 주검을 미망인이 확인해주고
있었다 민주주의를 심장에 새긴 죄 때문이라는 전언
이었다 군부는 우리의 머리 위에 총을 쏘지만 우리의
저항정신은 심장에 있기 때문에 영원히 살아있을 것
이라는 외침에 젓가락을 놓쳤다 케띠의 심장은 어디
로 갔을까?

심장의 행방이 궁금한 어느 봄날 나는 다시 그 집을 찾을 것이다 동백 향기 밴 국숫발이 나를 맞을 것이다 국숫발은 언제 어디서든 길고 뜨겁듯 제주의 심장도 미얀마의 심장도 붉고 뜨겁기는 한결 같다는 생각에 온몸이 푹 잠길 것이다 저항정신은 총 맞지 않는다는 외침에 밑줄을 그은 내 마음의 간절함을 시인의 미망 인에게 전송할 것이다 4·3의 그 집 붉은 동백 탁본을 첨부하는 것도 잊지 않을 것이다

# 탁본 5
－없는 누군가가 말했다

    제주 어느 마을에는 주검 대신 죽은 이의 옷을 꽃 상여에 넣고 생전에 살던 곳, 즐겁게 뛰어놀았던 곳을 찾아간다는 오랜 풍습이 있다고, 없는 누군가가 말했습니다

    어느 날, 그 마을 사람들은 영문도 모른 채 모두 죽었지만, 군홧발에 짓밟히고 총탄세례에 발기발기 찢긴 옷가지들은 저마다 두 발로 걸어서 생전의 주인을 찾아간다고, 없는 누군가가 말했습니다

    총소리에 놀라 뚝뚝 모가지가 꺾인 동백꽃들도 그날이 오면, 그날이 오면, 생전에 피었던 제 자리를 찾아간다고, 걱정 말아요, 걱정 말아요! 없는 누군가가 말했습니다

    없는 누군가는 누구일까요? 없는 누군가의 주인은 누구일까요?

찢긴 옷가지를 어루만져 봅니다 모가지가 꺾인 동백꽃에게 귀 기울여 봅니다 제 살던 자리에 제 살던 그 모습으로 돌아가고 싶은 간절한 마음이 없는 누군가가 아니겠느냐고 없는 누군가가 말했습니다

# 탁본 6

―오래된 내일


내일에 도착해서 오래된 것들을 지웠다 어제가 된 내일도 내일이 된 내일도 캄캄하게 지워버렸다

골목이 지워졌다 아이들의 고무줄이 지워졌다 성황당이 지워지고 헐떡이는 당신의 자전거가 지워지고 당신을 기다리는 동네 어귀도 굴을 따오던 당신도 지워졌다 빗발치던 총탄 때문이었다 성난 군홧발 때문이었다

아무 일도 없었다는 듯이 무심하게 흘러버린 세월이 제 잘났다는 듯이 목청을 돋우며 국리민복을 외치던 공화국들이 내 배가 부르니 아무 걱정 없다는 이기와 무관심이 골목을 고무줄을 성황당을 자전거를 동네 어귀를 사랑하는 당신을 다시 지웠다 역사의 뒤안길로 캄캄하게 지웠다

캄캄하게 지워진 그 자리가 오래된 내일일까 캄캄

하게 지워진 그 자리에 창백한 맨살을 문질러본다 기
억의 속살들이 오래된 내일에 잎 피우고 꽃 피우려 뽀
얗게 살아나 몽글거린다

## 탁본 7
─내일의 기억


내일의 기억은 오늘의 기억을 닮았을까? 밤하늘에 닿지 않아 흘러버린 빛의 파편으로만 반짝거릴까?


해가 지워졌다 캄캄해졌다 골목이 사라졌다 고무줄놀이 하던 아이들의 웃음소리가 지워졌다 동네 어귀에 머물렀던 구름도 지워졌다 성황당 아래 서서 기다리던 당신의 치맛자락도 지워졌다 자전거 타고 언덕을 넘어오던 당신도 물을 뚝뚝 흘리며 굴을 따오던 당신도


어느 날 갑자기 빗발치던 총탄에 영문도 모르고 흔적 없이 사라진 해 달 구름 자전거 치맛자락 당신, 당신, 당신


사라진 해와 달 골목 아이들의 웃음소리 구름 당신의 치맛자락 자전거 타고오던 당신 굴을 따오던 당신의 자리를 찾아 검은 흙을 긁어내고 흰 종이를 얹는다

뽀얗게 살아나는 기억의 속살들, 속살의 자리마다 붉은 동백꽃물이 흥건하게 물들고 있다

　　피어난 꽃잎들이 헤죽거리고 있다 햇살에 찡그린 당신의 이마가 빛나고 있다 손을 흔들고 달려와 안아 주는 다정한 달빛 당신도

# 탁본 8
– 잃어버린 이름

할머니 이름은 진아영, 고운 그 이름 가만히 불러
봅니다 무명천을 동백꽃잎으로 두드리자 선명하게
드러나는 붉은 삶의 발자국들

흰 눈 내리는 1월 한경읍 판포리 집에서 일어난 일
이었대요 토벌대의 총탄에 할머니의 아래턱이 날아
갔대요 나뭇가지에 앉아 있던 새들 캄캄한 하늘로 부
리를 숨기고, 고운 그 이름 진아영은 아래턱과 함께
멀리 멀리 사라졌대요 파도는 밤새 제 가슴 철썩이
며 사라진 이름을 불러대었고 갈매기도 끼룩끼룩 제
몸 두드리며 검은 울음을 토해댔겠죠 총 맞은 아래
턱과 함께 총 맞아 산산이 흩어진 이름 진아영, 그 이
름 부르다 붉어진 동백꽃도 제 모가지를 수북하게 떨
구었대요

잃어버린 이름의 기억만 서성거리는 검은 골목길
을 버리고 한림읍 사촌 언니 동네를 찾았습니다 한경

읍에서 한림읍까지 그 긴 신작로 어느 지점에 왈칵 쏟
아지던 햇빛 같은 이름 진아영은 기억 속 낯선 할머니
의 흑백 인생 한 도막이었습니다 떨어져 나간 턱의 상
처를 무명천으로 싸매고 고향 떠난 진아영 할머니는
한평생을 무명천 할머니로 살았습니다

　55년 동안 무명천 할머니로 살다가 죽어서야 무명
천 밖으로 되살아 온 진아영 할머니! 붉은 삶의 발자
국을 내 마음 깊은 곳에 탁본해봅니다

# 탁본 9
―백비白碑

　좁고 어둡고 긴 역사의 상처 속에 우두커니 새하얗게 눈부신 비석이 서 있었다 아무 것도 새길 수 없어 아무 것도 새기지 않은 백비였다

　백비의 주인은 누구일까?

　어머니의 자장가가 들리는 듯도 하고 젖 먹던 아기의 옹알이가 들리는 듯도 했다 철썩거리는 파도의 간섭 때문이었을 것이다

　좁고 어둡고 긴 역사의 상처를 벗어나려 하자 어미 소가 팔려간 새끼소를 부르는 듯 제 이름을 부르며 통곡하는 소리가 내 발걸음을 되돌려 세웠다

　통곡 속의 백비는 누구일까?

　아무 것도 새길 수 없어 아무 것도 새기지 않은 기

막힌 백비의 애환을 눈물로 닦아내자 좁고 어둡고 긴
역사의 상처라는 글귀가 선명하게 드러났다

## 탁본 10
### ─시간에 기댄 집

    창가에 앉아 4월의 그날을 읽다가 창밖 동백꽃잎에 닿은 햇살을 바라본다 동백꽃잎에 닿은 햇살이 마알갛게 꽃잎에 스며들다 순식간에 깊어지고 다시 천천히 꽃잎에 스민다 꽃잎에 햇살이 스미는 것은 내 몸에 햇살이 스며든다는 것, 내 몸 속에 모가지가 꺾인 동백꽃들의 붉은 시간들이 우둘투둘한 벽돌처럼 켜켜이 쌓인다 붉은 시간에 기대어 4월의 그날을 읽다가 동백꽃잎을 만져본다

    켜켜이 쌓여있던 내 몸 속의 시간들이 스며든 햇살에 젖은 몸을 말린다 사노라면 꿈같은 일들이 불쑥 방문을 열고 찾아오기도 하지 녹슨 나를 클릭하자 밤하늘 별들이 우수수 쏟아진다 그럴 때마다 나는 시간에 기댄 집을 찾아가 4월의 그날을 읽는다 잊고 있었던 어떤 기막힌 슬픔들로 녹슨 분침과 삭은 초침들이 내 마음 속에서 째깍거린다 동백꽃 젖 망울이 벙글 무렵이 찾아 온 것이다

# 제3부

첨부파일

## 새들이 초록 귀를 달고

빗방울에 흔들리는 초록은 가장자리만 감싸 안긴 먼 훗날입니다

빗방울들 후두두둑 뛰어내리면 초록 잎들 밑에 숨어있던 소리의 입술들이 왁자지껄하지요 새들이 초록 귀를 달고 나뭇가지에 하나 둘 내려앉습니다

소리들이 오래된 미래로 등을 구부리는 그런 아침입니다 베란다 창문을 열어젖히면 내 이름을 부르는 소리가 여기저기 유리창으로 둥글게 흘러내립니다

빗방울들은 당신이 부르는 소리의 정령이라고 할게요

뭉쳐진 소리를 한 올씩 풀다보면 깊숙이 숨어있던 연둣빛 그림자가 몽글몽글 솟아오르는 것을 들을 수 있답니다

비 그치면 베란다 난간에 조롱조롱 매달릴 빗소리
때문에 나는 오랫동안 귀 기울일 거예요

## 첨부파일


 당신이 남기고 간 발자국들을 zip으로 묶어 보냅니다

 하얀 찔레꽃잎과 파란 새소리와 보송보송한 황톳길을 묶었다 미처 묶지 못한 것들 속에 부르르 떨리는 나뭇잎들이 있다 허공 속의 무수한 나뭇잎들 사이로 묻히지 못한 나뭇잎들이 오들오들 떨고 있다 나는 떨고 있는 나뭇잎들을 떨리는 손으로 꺼내 한데 묶었다 환하게 열리는 초록의 허공으로 날아가는 나뭇잎 나날들로 압축했다

 뒷동산은 언제나 출렁거리는 잎을 가진 수양버들로 싱그러웠다 이끼 낀 바위엔 네가 부르던 노래 소리 푸르게 돋아나고 있는데 흰 구름 뒷동산은 어디로 간 걸까 숲을 헤치고 미처 묶지 못한 별똥별을 찾았다 잠들지 못한 별똥별이 수양버들 가지 사이에 끼여 있었다 반짝이는 별똥별을 꺼내 한데 묶었다

그런데 오랜 세월이 지나도 당신은 수신확인을 하지 않네요

덜덜거리는 경운기와 겨울을 기다리는 땔감나무와 허리 굽은 농부의 들녘과 너럭바위 위에 앉아 하늘로 사라져간 먼 길을 바라보고 있는 먼 길 위의 나를 묶어 보낸 용량이 너무 커 전송이 안 된 까닭일까요?

그냥

　그냥은 강아지다 가끔씩 제 꼬리를 잡으려 빙글빙
글 돌 때면 어느 순간 텅 비어버려 보이지 않을 때
가 있다

　강아지 이름을 어머니가 그냥 그렇게 지었다는 그
녀의 말에 나는 그냥이란 말이 알을 슬고 꼬물거리다
순식간에 쓸쓸하고 젖은 문장으로 집 안 곳곳 가득 드
리우는 걸 느꼈다 햇살이 안방 깊숙이 따갑게 들어와
도 바람이 굴뚝 끝까지 거세게 휘몰아쳐도 쓸쓸하고
젖은 문장은 마룻골 사이로 벽의 틈 사이로 그러다가
내 손바닥으로 어깨로 점점 퍼져나갔다

　제 꼬리를 잡고 빙글빙글 돌다 보이지 않던 그냥이
그냥의 안과 밖을 뭉갰다

　그녀의 어머니는 날마다 텅 비어가는 밤의 가장 안
쪽 고랑에 새벽이 싹을 틔울 때까지 붓글씨로 일구었

고 해바라기의 씨앗이 깊고 둥근 고요로 단단해질 때
까지 뒤란에서 서성거렸다

　그냥이 높이 뛰며 감나무 위에 걸린 흰 구름을 앞발
로 쿡쿡 찔러대던 날이 있었다 흰 구름 속에서 우르
르 쏟아진 그냥은 마당에도 해바라기에도 붓글씨에
도 툇마루에도 흔적을 남기기 시작했다 흔적들은 흔
적의 가장자리부터 얼룩이 되거나 동전으로 긁기만
해도 우수수 떨어졌다 곧추 선 그냥이 와르르 무너졌
다 곱게 다려 입은 모시옷의 꼿꼿한 선들이 뭉개졌다

　너에 대해 내가 그냥 무심했다 미안해 어느 날 그가
말했다 그냥 무심했다란 문장이 저 혼자 쓸쓸히 걸어
가다 허공으로 사라졌다 사라진 그 문장도 너에 대한
나의 마음도 나에 대한 너의 마음도 허공에 닿으면 그
냥이 될까 다음 주 약속이 계속 다다음주가 되어도 어
느 순간부터 슬프지 않았다 그냥이 마음을 모두 빗금

칠해 허공에 닿은 탓일까?

　당신이 지난 새해 잠이 덜 깬 햇살을 깨우러 떠나버린 날 툇마루엔 쓰다만 붓글씨가 나부끼고 텅 빈 새벽만이 저 혼자 울고 있었어요 하지만 그날 저녁 노을은 너무나 아름다웠지요 당신이 젊디젊은 남편과 손을 꼭 잡고 노을 속에서 산책하고 있다는 흔적이니까요

　딸의 눈물도 당신의 흔적이에요

　그냥이 그냥 그렇게 빈 집에서 꼬리를 흔들고 있는 한낮이다 한 낮이 말갛게 드러낸 텅 빈 고요 가운데로 당신이 닿는다 당신이 닿는 곳마다 마가렛꽃도 저절로 하얗게 피고 햇살도 투명하게 익어가고 마당도 저 홀로 깊게 구겨지고 있었다

# 잃어버린 가방을 찾는 긴 하루

잃어버린 가방을 찾으러 여기저기 뛰어다녔다 있을만한 곳 여러 군데를 다녔지만 찾지 못했다 새까맣게 눌러 붙은 기억의 더미를 뒤적거려 보았다 기억의 더미 밑에서 덜커덕 걸린 그 기억을 건져 후다닥 달려 나갔다 벌떡 꿈에서 깨어났다 상쾌한 기분으로 꿈 해몽을 찾아보았다 가방을 잃어버린 건 관계가 단절되는 것이지만 가방을 찾으러 다닌다는 것은 관계가 점점 좋아지는 거라고 했다 나 혼자 만들어낸 먹구름이 먹구름을 데리고 다녔던 그날 하루 종일 흐린 하늘에서는 먹구름 밑바닥까지 가라앉은 빗줄기들이 내릴락 말락 하고 있었다 먹구름에 갇혀있는 빗줄기들을 죽죽 당겨 엮어보았다 끊어지지 않는 단단한 빗줄기들을 만들어 가고 싶은데 자꾸만 툭툭 끊어졌다 끊어진 빗줄기들이 마디를 만들고 있다 대나무 마디처럼 단단하게 올라붙어야 할 텐데 그래야 쑥쑥 자라 단절되지 않을 추억이 될 건데 단단하게 짜지 못한 추억은 흘러내리기 십상이지 누군가 지나가며 말했다 또 꿈속이었다

저도*

 

바닷가에 앉아 먼 수평선을 손끝으로 주욱 긁어본
다 수평선이 깊게 긁혀 퍼렇게 멍든 물고기들이 튀어
오른다 수평선 아래 주렁주렁 매달려 있던 기억들도
푸른 멍을 토해내고 있다

어느 날 배를 타고 나간 당신, 당신, 당신의 멍든 기
억들을 매달고 배 한 척이 지극히 지나간다 배가 지
나가는 자리마다 쪼개진 기억들이 울컥 토해져 반짝
이는 물결 위에 봉인된 어제가 되어 떠돌기도 하고
갈매기 울음의 틈새로 스며든 비릿한 오늘로 엮여지
기도 하고

기억은 당신의 가슴 밑바닥에 멍으로 만든 방 한 칸
씩 쌓아올리고 또 쌓아올리다가 잠시 갸우뚱 일렁거
리고 있다 생전의 당신과 생의 환희 어디쯤에선가 소
통했던 바닷물이 시퍼렇게 밀려올 때쯤 손을 넣어 만
져본다 날 선 기억들이 내 손끝을 긁어대다가 어느덧

하얗게 부드러워진다

　수평선이 아물어 가는지 고요해지자 기적소리 들리는 콰이강의 다리를 걸었다 짙게 멍든 바닷물에 햇빛이 닿아 별처럼 반짝일 때쯤 옛날로 가는 기차가 천천히 들어섰다 드문드문 앉은 사람들이 모두 창밖을 쳐다본다 저 마다의 기억을 매단 수평선을 지극히 읽는 것처럼

* 마산에 있는 섬

## 이팝나무 그늘

몽글몽글한 이팝꽃과 반짝이는 호수를 화면 가득 찍었는데 윤기 나는 고봉밥을 보고 웃고 있는 내 얼굴이 커다랗게 찍혀 있었네 윤기 나는 고봉밥을 찍었는데 처음 본 네 얼굴이 서늘하게 찍혀 있었네 빛나던 호수의 물결도 허리 구부리고 지나던 바람도 두 손 오므리며 사진 속 네 얼굴 위로 모여들고 있었네 갑자기 네 얼굴은 온데간데없이 사라지고 사라진 네 얼굴 위로 굶어 죽은 지 며칠 안 된 모자가 굶어 죽은 지 며칠 안 된 모자의 사진이 실린 신문을 읽으며 지나가고 있었네 지나간 자리마다 붉고 커다란 고딕체 자막이 함성처럼 부풀어져 이팝꽃을 피워 올렸다네

이팝꽃 그늘은 점점 짙어지고 짙어가는 그늘이 호수 가득 뒤척였네 고봉밥을 보고 웃고 있는 내 얼굴을 다시 찍었네 내 얼굴을 찍었는데 이팝나무 그늘이 찍혀 있었네 이팝나무 그늘을 찍었는데 사라진 네가 다시 찍혀 있었네 다시 찍힌 네 얼굴에 겹쳐 굶어죽

은 어미와 어미품의 피붙이가 잇바디를 드러내고 몽글몽글 하얗게 웃고 있었네 몽글몽글 웃음이 이팝꽃을 하얗게 피워 올렸다네

## 어떤 침묵

어떤 침묵은 시간의 경계선에 위치해 있다네 외부의 시간이 내부에 스며들거나 외부의 시간이 내부에 스며든

너의 시간이 나에게 이입되거나 나의 시간이 너에게 이입된다면, 너와 나는 말하지 않아도 서로의 마음을 읽을 수 있어 참 좋을 것 같다

블랙홀 근처에 가면 엄청난 온도와 함께 시공간이 뒤틀린다고 너가 말하는 순간, 빛조차도 빠져나가지 못하는 우리들의 침묵

창밖에는 노란 햇살이 지난 늦가을 은행잎처럼 은행나무 밑에 겹겹이 쌓이고 있다 노랑 너머에 노랑, 겹쳐진 노랑은 깊게 보인다는 당연한 발견을 하는 오후, 바람결만 닿아도 나이테를 두텁게 만드는 은행나무 둥치 속 시간의 경계선에 대해 생각해 본다

두터운 것과 겹쳐지는 것의 차이와 시간의 경계선에 대해 잠시 골몰할 때 노랑처럼 스미는 침묵, 절대 흩어지지 않는 침묵, 자주 반문하지만 묻지 않는 침묵이 엷게 탄 커피에 노란 햇살이 닿자 빨간 침묵이 된다

시간의 경계는 사건의 지평선, 블랙홀 내부에서 일어난 사건이 외부에 아무 영향도 미치지 않는다고 또 너가 말한다

내 침묵은 너의 침묵에 아무런 영향도 미치지 않아 너의 침묵도 나에게 아무런 영향을 미치지 않지 그러므로 너와 난 객관적이지

남쪽 해안가에 밀려온 새끼고래 한 마리의 사체, 배를 갈라보던 연구진의 침묵 티비에 커다랗게 고여지던 침묵

무어라 말하지 않았고 자막도 없었는데 새끼고래 사체의 뱃속이 노출되지도 않았는데 가슴 속 깊은 곳에서 뜨거운 침묵이 그르렁그르렁 소리 내며 울기 시작했다

손으로 눈으로 막으려 해도 막을 수 없는 폭설 티비 화면 속의 침묵, 사건의 지평선이 내 침묵으로 스며들었다

## 아카시아향

　유월의 구름이 잠식한 어떤 마을은 바닷가라서 산색이 더 짙다 바다가 잠식한 구름엔 하얀 숲이 일렁이고 부리가 붉은 새들이 날고 물고기들이 숨는다 갑자기 부리가 붉은 새보다 더 붉은, 보이지 않는 얼굴이 지나간다 그림자 없는 구름을 길게 드리우고 그가 모래밭으로 걸어간다 그런데 참 이상하지 모래밭에 무릎까지 푹푹 빠지면서 가고 있는 사람은 그인데 버스 안에서 바라보고 있는 내 몸이 흠뻑 젖는다 내 발바닥부터 해가 발갛게 차오르기 시작한다 아카시아꽃 냄새가 확 밀려온다 내가 잠시 젖어버린 햇살을 말리고 있을 때 아카시아 향이 우리 집에 도둑처럼 스며들었다고 당신에게서 카톡이 왔다

## 어떤 후회

　산책 갔다 오는 길에 계단에 떨어져 있는 새끼 까치를 보았네 떨어지면서 날개를 다쳤나 나무 위에서 엄마 아빠 새가 목청껏 깍깍 거렸다 화단에 놓아주자 몇 발자국 가다 비틀거리며 쓰러졌다 그냥 오려다 그들의 애탄 부르짖음 때문이기도 했고 고양이에게 먹힐까 데리고 왔다 작은 박스에 넣어주고 물, 미음을 주었다 좀 괜찮아진 것 같아서 다시 데리고 가 화단에 놓아주었다 엄마아빠 새가 또 목청껏 깍깍 거렸다 비틀거리며 달아나는 모습이 너무 안쓰러워 살리겠다고 도로 데리고 왔다 열심히 간호했다고 생각했는데 다음날 아침 눈뜨자마자 새끼 까치 죽어있는 것 확인했다 오솔길 입구 나무 밑에 묻어주었다 며칠이 지나도 괜히 데려왔다고 그냥 뒀으면 살 수 있었을지 모른다고 후회를 했다 선택이 후회 속에 갇혀 있었다 아니 후회 속에 선택이 갇혀 있었다 딱딱한 나무상자 속에 또 나무상자처럼 선택은 미로 속에 있었다 베란다 앞 나무 위에 까치 두 마리 앉아서 요란하게 울어

댄다 내 사는 곳 어찌 알았을까 후회가 나뭇가지 위
에 앉아 울고 있었다

# 아버지

당신 눈빛이 어제 낮에 나온 하현달 같다고 내가 먹 먹해 할 때 모서리가 많이 닳은 당신의 눈빛이 먼 하 늘로 향합니다 푸른 하늘에 하현달이 얼비칩니다 참 많이도 허물어지고 여기저기 닳은 수척한 달입니다

새의 날갯짓 때문일까요? 갑자기 감나무 그늘이 흩 어집니다

오늘은 햇살 따뜻한 마당에서 상추와 풋고추를 뜯 어 우리 둘만 눈빛을 주고받으며 평상에 앉아 쌈을 싸 먹고 싶었어요 그러면 당신 입 속에 고여 있던 말들이 하현달에 거꾸로 차오르고 내 가슴에 가득 모아져 있 던 뜨거운 문장들이 당신의 눈빛을 빛나게 하겠지요

감나무 그늘에 평상을 놓습니다 조심조심 당신의 굳어버린 팔을 잡고 평상에 앉힙니다 감나무 그늘이

흩어졌다가 다시 모여듭니다

　희미한 하현달 속으로 점이 된 새가 날아들고 있
습니다

붉은 끈


알타이 원주민은 사랑하는 사람이 죽으면 부활할
수 있도록 나무에 붉은 끈을 매 둔다고 한다
　그들은 붉은 끈이 행여나 바람에 날려갈까 꼭꼭 동
여맸을 것이다


붉은 끈 바람에 나부낄 때마다 이승과 저승이 왔다
갔다 경건하게 흔들렸다 하지만 나무는 삭아버린 지
오래, 삭아버린 나무 밑둥치에서 고인의 마음을 증명
이라도 하듯 나이테가 자라났다 염원이 닿은 흔적들


수학여행에서 돌아오지 못한 아이들의 이름표에
친친 붉은 끈을 동여매고 돌아선 지 몇 해, 시월의 어
느 날 서러운 발자국들이 절뚝거리며 골목 어귀로 우
르르 몰려간 날이 있었다 발자국들의 틈을 발자국들
이 막아 골목을 증발시키고 시월의 축제는 박제가 되
어 여기저기 나뒹굴었다 나무를 찾아 붉은 끈을 매려
고 발버둥치는 발자국들의 아우성 사이로 별빛만 실

시간으로 붉은 끈에 꿰어지고 있었다

부활이란 단어에 온 생을 다 건 눈빛들이 있다 바람에 나부낄 때마다 이곳저곳 왔다갔다 분주하게 흔들리는 붉은 끈 놓치지 않으려 안간힘을 쓰는 눈빛들이 있다 하지만 발뒤꿈치 댈 시간이 없는 그들의 발가락 사이로 떨어지는 간절한 눈빛들이 번데기의 생 안에만 머물고 있다

다시, 붉은 끈 바람에 나부낄 때마다 경건하게 흔들린다 사랑하는 사람의 부활을 위해 한 생 내내 붉은 끈을 심장에 동여맨 채 걸고 있는 누군가가 있다

## 못 박힌 사람들

좁은 골목길 폴리스라인에 함박눈 쌓이고 있다
견디다 못한 함박눈 뭉치 툭 떨어지자 누군가가 털썩 주저앉는다
바라보던 사람들 기다렸다는 듯 가슴을 치며 박힌 못 뽑느라 소리 없는 아우성이다

눈 속에 뽑힌 못들 수북하다

뽑힌 자국마다 시뻘건 피가 흥건하다
붉은 눈 위에 널브러져 있는 못 들, 통곡들

통곡들 위로 눈송이 하나 둘 덮이고 젖은 속눈썹들 위에도 하나 둘 내려앉는다 머리 위에도 내려앉는 함박눈 쾅쾅 대못을 자꾸만 박는 함박눈송이

눈뭉치를 굴려 눈사람을 만든다 널브러진 못으로 너를 닮은 눈 너를 닮은 코 너를 닮은 입 너를 닮은

목도리 자꾸만 만들어 가다가 흐린 하늘 속에 얼굴을 묻고 만다

크고 작은 못 가슴에 박힌 사람들이 하나 둘 뽑아 놓은 못들과 너를 닮은 눈사람들이 좁은 골목길 출구를 가득 막고 있다

## 하마터면

그는 꿈속이기도 하고 꿈밖이기도 하다
해질녘 강둑에 앉아 있으면 그는 꿈속이다
날마다 뒤척이는 잠자리에서 그는 꿈밖이다

오늘 저녁에 뜯어 넣은 수제비는 유난히 펄펄 끓
는 꿈속에서
별 하나로 동동 뜨려고 안간힘을 쓴다

하마터면 푹 익힐 뻔 했다
꿈속에서

긴 강둑이 끝나는 곳에서 신열처럼 번지는 꿈
날마다 만나는 꿈속에서 그는 따뜻한 수제비처럼
동동 떠오르다가 별이 되고 만다

내일 저녁에 뜨는 수제비는 낮은 온도에서 서서히
끓여야지

별 하나 천천히 스미도록 동동 띄워야지

신열의 소용돌이를 지나 따뜻해진 수제비
평상에 앉아 별이 스민 수제비를 먹는다

하마터면 동동 뜰 뻔 했다
꿈 밖에서

# 그 강

마음이 지옥일 때 그 강가에 앉기만 해도 나는 좋았네 강가에 쪼그리고 앉아 붓꽃 노란 꽃잎을 한 잎 한 잎 따서 흘려보내기도 했고 무심하지만 속 깊을 납작한 돌멩이를 주워 강물에 던져보기도 했다네 그러다가 그저 강물 한 방울이라도 나에게 튀어 오를 때면 나도 강물이 되어 강물 따라 흘러갔다네 그러면 구겨진 내 마음은 어느새 다슬기에게 주고 슈베르트의 숭어처럼 웅장하고 고요해졌다네 고요해진 나는 이름 모를 물풀과 작은 돌멩이들 사이에 자작하게 고였다가 구름이 강물에 하얗게 잠긴 날이면 구름에 얼굴을 푹 파묻었다네 또 어느 날은 동동 떠내려오는 단풍잎 그림자에 앉았다가 어린 연어 떼의 몸에 나의 서사를 물결로 새기기도 했다네 연어 떼의 몸에 새겨진 웅장하고 고요한 나의 서사는 다 자란 연어 떼 따라 노을에 잠겨 있는 그 강으로 영원히 회귀하겠지 영원히 회귀한 나의 서사는 그 강에 화석처럼 기록되겠지

마음이 지옥일 때 그 강을 생각하기만 해도 나는
좋았네

# 본 어게인

오후3시 하얀 담벼락에 분홍 꽃이 하롱거리는 Re-born 앞을 지나간다 바람이 일렁거리면 그집의 층층마다 창문에 수북하게 쌓여있던 분홍 그림자도 일렁거린다 나도 분홍 그림자에 얹혀 그 집을 기웃거리는데 분양하는 사람이 겨우 한 집 남았다고 소개한다 마당 넓고 나무 많던 옛집은 온데간데없이 사라지고 열 채의 복층집이 Re-born이란 이름으로 새로 태어났다 Re-born이란 이름을 가진 그 집들의 하얀 담벼락에 새로 심겨진 하롱거리는 분홍 꽃들 집들 사이 작은 공간에 심겨진 자작나무 한 그루 하얀 가지 위에 새 한 마리 신기해서 re born re born 너도 re born이니? 하고 문자 푸드득거리며 오솔길 솔밭으로 날아간다 솔밭에서 강아지 한 마리 뛰어온다 우리 강아지다 re born re born 눈을 비비고 본다 틀림없는 우리 강아지다 다시 한 번 눈을 비벼본다 작고 사랑스러운 우리 강아지 검고 큰 눈 반짝거리던, 손등에 양말 얹어놓고 살짝 물던 우리 강아지 미르, 컹컹 짖으며 껑충

껑충 뛰어온다 햇볕도 바람도 나뭇잎도 따라서 껑충
껑충 뛴다 담벼락이 하얗게 껑충껑충 뛴다 분홍꽃들
도 껑충껑충 뛴다 나도 껑충껑충 뛰며 미르를 안아올
렸다 따스한 체온, 누룽지 냄새로 고소했다

오래된 미래다

# 보름달 뜨면

가만히 망월지*를 들여다본다
부드러운 기차가 물속에서 둥글다
탑승객 모두가 알들이기 때문이다

둥근 고요가  물속에서 넓고 깊다

보름달 물속에 뜨면
기차에서 왁자지껄, 올챙이들이
둥글게 둥글게 내릴 것이다
고요도 고요하게
보름달 속에서 왁자지껄할 것이다

* 대구 수성구 시지 두꺼비 서식지

# 단풍잎 소리

단풍잎 다 떨어진 가지에 참새들이 우르르 날아든
다 단풍잎 떨어진 자리마다 참새들이 앉아 찍찍거린
다 빨간 소리 노란소리가 조롱조롱 매달려 베란다 창
가득하다

나는 거실에서 지저귀는 단풍들 소리 듣다가 창밖
의 참새 단풍들을 바라본다 창문을 열려다가 그만
둔다

회색 하늘빛이 스멀스멀 단풍잎 진 자리마다 묻혀
들더니 원래부터 있었던 것처럼 눈송이 부풀어 올라
참새모양 잎을 만든다

어느새 눈송이들이 몽글몽글 찍찍거린다 단풍가
지에 소복하게 쌓인 소리들 굵은 눈발 속에 하얀 우
산 쓰고 뛰어내리고 있다  녹음기에 가두려다 그만
두었다

## 지극히 자연적인


늘 코코넛오일로 클렌징 해 그녀가 텔레비전 앞에서 화장을 지우며 말했다 뉴스 속의 어린 원숭이가 쇠사슬에 발목 묶인 채 제 얼굴만 한 코코넛을 들고 초점 없는 눈으로 물끄러미 그녀를 바라본다 코코넛오일로 닦으면 온갖 먼지와 얼룩진 햇빛, 덕지덕지 붙은 욕심조차 말끔하게 벗겨져 투명한 피부를 가진 자연인이 된 거 같아 지극히 자연적인, 그녀의 피부는 티끌 하나 없이 깨끗했다


코코넛 오일을 많이 얻기 위해 어린 원숭이를 납치해 일꾼으로 쓴다는 더운 지방의 어떤 나라, 주문량이 많아 밥도 굶기며 발목에 쇠사슬을 달아놓고 일을 시킨다는 그 나라, 기자의 목소리에 수증기가 희뿌옇다


텔레비전 화면 속 코코넛을 들고 있는 새끼 원숭이의 눈물 그렁한 눈망울을 보며 다음 논술 시간에 동

물학대를 다루어야지 이번 여름 방학 여행 땐 그곳으로 예약 해야지 중얼거리며 그녀가 재빠르게 휴대폰으로 주문한다 코코넛 오일 1+1 놓치면 안 되거든 그녀의 입가로 미소가 번졌다 어린 원숭이 코코넛 한 입 물다가 화면 속에서 사라지고 애처로운 비명 소리만 방 안 가득찼다

# 첫사랑

한 시인의 초대로 그 집 정원 달빛 아래 하얗게 핀 찔레꽃과 색색의 장미꽃 향기를 맡고 음악도 듣고 와인도 마셨다

집에 오자마자 재봉틀을 꺼냈다
옷소매에 깊숙하게 넣어 온 찔레꽃 향기를 블라우스에 묻혀 박음질했다 찔레꽃에 하얗게 어리던 달빛도 색색의 장미향도 보태고 폰 카라얀의 오케스트라도 함께 박음질했다

그 블라우스를 입고 오래전 편지로 흩날려 보낸 사월의 너를 기억하려 밤거리를 걸었다 기억의 물레질만 헛돌다 끝 간 데서 간신히 건져 올려진 너의 그림자를 보았다 네 그림자만 붙잡고 담벼락 따라 돌아오는 길 갑자기 내 손을 잡아 살며시 주머니에 넣던 너의 따뜻했던 손이 느껴졌다

집에 오자마자 다시 재봉틀을 꺼냈다

## 스미다

베란다 앞 풀물이 넘쳐흐르는 단풍나무 가지 끝에 새 한 마리 앉아 흔들리고 있다 하얀 니비 한 마리 흔들리는 나뭇잎사이로 나폴 나폴 날아다닌다

흔들거리는 나뭇잎과 새와 나비 사이에 젖은 초록이 넘실댄다

햇살이 흐린 세계에 실금을 긋자 실금의 틈에서 끊임없이 돋아나오는 당신
조금씩 풀물이 든다 나폴 나폴 거리는 하얀 나비의 날개에도 번지는 풀물

창문으로 손을 뻗어 당신을 만져본다 내 손끝부터 천천히 물드는 풀물, 내 머리카락 이마 코 입이 초록으로 뭉개지고 있다 당신은 늘 그 자리에 그대로 돋아나고 있는데 나는 왜 이맘때가 되어서야 초록으로 뭉개지고 있을까 뭉개진 나는 나를 데리고 나에게 스

미고 있다 스며진 풀물 속에서 나비와 새와 당신이 부
드럽게 흔들리고 있다

　흔들거리는 나뭇잎과 새의 사이로 풀물 스며든 나
비 어느새 초록으로 나풀 거린다

## 수북한 그늘 1

봄밤 가로등 아래 동백꽃 그림자 담벼락에 수북하
다 흔들리는 그림자 꽃잎 한 이파리씩 검게 떨구고
있다 떨어지는 동백꽃잎 그림자에서 꽃잎이 하롱하
롱 피어나 가로등 불빛을 커다랗고 붉은 동백꽃 한
송이로 피우고 있다 머리에 쏟아지는 가로등 불빛을
털고 이리저리 흩어지려는 동백꽃잎들 오도카니 동
백꽃 그림자 밑에 쌓였다 그 모습이 검은색과 오렌지
색의 대비가 따뜻하고 분명한 너의 왼손으로 느껴져
나도 모르게 내 오른손을 내밀었다 검은 꽃잎에 가득
묻어있던 오렌지색이 손가락 끝부터 타고 올라 마디
마디에 묻더니 곧 손바닥에 넘쳐흘렀다

　가로등 아래로 떨어지는 동백꽃 그림자 수북한 그
늘에 닿은 오렌지색 네 손끝이 뭉클하게 뻗어나가고
있었다

# 수북한 그늘 2

당신의 눈빛이 닿기만 해도 그늘은 수북해진다

친구가 휴대폰으로 보내온 사진을 확대해 보았다 고향집 뒷동산 푸른 소나무들 사이 보이지 않던 깊고 검은 그늘이 손바닥에 넓게 펼쳐졌다

그늘, 저 혼자 네모로 붙박이느라 점점 깊어진다

햇살이 소나무 잎 모양으로 그림자 뻗던 소리 풀벌레 울음소리 뭇별들 내려앉는 소리 수런수런 그늘이 수북해진다

문득 네모 밖 파랑새 한 마리 그늘 속으로 가만히 날아든다 내 손가락 끝에 앉았다가 소나무 가지 끝에 앉기도 하고 네모의 선분 아래 숨기도 한다 파랑은 우울 아니면 희망 나는 우울일까 희망일까 들키지 않으려 그늘을 조용히 좁힌다

어떤 그림자는 모양이 없어 제 그림자를 밟고 다닌다 밟히는 그림자마다 굳은살이 생기면 모양 수북한 그늘이 된다 나를 바라보던 따뜻한 네 눈빛에도 굳은살이 생긴다면 서러움의 굳은살은 금방 삭제될 것이고

당신이 꼬깃꼬깃 접어놓은 물음과 갖가지 꽃들이 만발한 헐렁한 바지와 얼룩진 셔츠에 묻은 하얀 소금들이 둘레둘레 앉아 웃는 소리 이따금 부채로 불러들이는 바람의 씨앗으로 그늘은 더 수북해질 것이다

그늘엔 늘 당신이 수북하게 가지를 치고 있다

해설

# 일상과 역사, 그리고 기억의 시적 주름들

오민석(문학평론가 · 단국대 명예교수)

I.

황명희는 모나드monad들을 건드려 그것들의 주름을 펼쳐낸다. 그가 건드리기 전에 세계는 창문 없는 실체이다. 그는 모나드의 바깥을 흔들고 안으로 들어가 모나드 안의 주름들을 끌고 나온다. 그리하여 닫힌 창문처럼 아무것도 보여주지 않던 모나드가 사물과 몸의 옷을 입고 밖으로 펼쳐진다. 그가 끌어내는 모나드들은 크게 세 가지 계열체로 재편된다. 그 첫 번째 계열은 일상이다. 그의 일상은 주로 거주지인 대구시 황금동 골목의 동네 가게들을 중심으로 전개된다. 이 시집의 제1부는 시인-주체가 자신의 주름으로 그런 가게들의 바깥주름과 안주름을 건드리는 이야기들로 이루어져 있다. 두 번째 계열은 제주의 4·3항

쟁이다. 근 70년 전의 역사적 사건은 슬픔과 분노, 폭력의 주름들로 가득하다. 시인은 제2부에서 진혼제를 치르듯 항쟁의 과거를 현재로 불러낸다. 눈물-주체가 슬픈 역사를 만날 때, 동백 꽃잎의 붉은 주름이 자꾸 깊어진다. 세 번째 계열은 숙성 중인 기억과 현재의 시간이다. 제3부에서 시인은 사적, 공적 기억과 현재를 함께 불러낸다. 기억들은 개인과 사회의 접점에서 숙성되어 역사의 주름이 된다.

나는 투명한 랩으로 단단하게 포장되어 있던 연어를 끄집어내어 연어답다로 토막낸다 연어답다 속에 얼룩져있던 연어답지 않다가 보인다 연어답지 않다를 토막낸다 연어답지 않다에 얼룩져 있는 연어답다가 보인다 연어답다와 연어답지 않다 사이에 출몰하는 바닷물과 냇물들의 밑바닥을 들추어 본다 연어답다와 연어답지 않다 사이 미끄러지는 몸부림을 꽉 움켜쥔 어머니의 쭈글한 손의 내력을 가늠해 보려는 듯이

연어답다는 바닷물과 냇물의 서로 다른 생각들이 엇갈려 새겨진 탄탄하고 붉은 욕망, 혹은 몸부림

의 서사가 기록된 오래된 서적일까 혀끝에 살살 녹
아내리는 부드러운 촉감과 가파른 침묵이 연어답다
로 포장된 붉은 당신의 생애를 찾아 벚꽃 흐드러지
게 핀 산길을 걸어간다 수천 마리 연어 떼가 등 뒤
에 우르르 몰려오고 있는 것 같아 뒤돌아보니 벚꽃
이 새떼처럼 날아들고 있었다

ㅡ「연어답다」 부분

　이 시의 주석에 따르면 "연어답다"는 황금동 골목
에 있는 연어구이 가게의 이름이다. 시인은 그곳에서
연어를 포장해 와 먹기 좋게 자르다가 "연어답다"의
대립물인 "연어답지 않다"를 떠올린다. 이 세계의 모
든 음성을 모음이거나(모음+) 아니면 모음이 아닌 것
(모음ㅡ)으로 나눌 수 있는 것처럼, 세계는 무수한 이
항 대립물binary opposition들로 이루어져 있다. 대
립물들은 차이를 가져오고, 차이는 의미를 발생시킨
다. 이런 논지에 따르면 이 세상의 모든 것은 '연어답
다/ 연어답지 않다'의 이항 대립으로 설명이 가능하
다. 그렇지만 소쉬르F. de Saussure에 의해 기호의 보
편적 구조로 설명된 이항 대립은 세계를 두 개의 다른
것들이 만나 이루는 한 개의 주름만으로 설명한다. 시

인은 '연어답다/ 연어답지 않다'의 "사이에 출몰하는 바닷물과 냇물들의 밑바닥"을 끌어들인다. 그것은 이항 대립물들의 사이에 있는 또 하나의 이항 대립물로서 이항 대립물들의 안주름이다. 그 '사이'는 또 다른 사이를 생성하는데, 그것은 바로 "연어답다와 연어답지 않다 사이 미끄러지는 몸부림"과 그것을 "꽉 움켜쥔 어머니의 쭈글한 손의 내력"이다. 결국 세계는 이항 대립이 아니라 대립물들 사이에서 "미끄러지는" 무수한 주름의 접힘과 펼침으로 이루어져 있다. 황명희가 볼 때 '시적인 작업'이란 세계의 이항 대립적 구조가 아니라 그것의 외부와 내부에 있는 무수한 바깥주름과 안주름을 끄집어내 보여주는 것이다. 이런 점에서 황명희는 반反구조주의자이다. 세계는 '연어답다/ 연어답지 않다'의 이항 대립으로 설명되는 것이 아니라 "서로 다른 생각들이 엇갈려 새겨진" "붉은 욕망 혹은 몸부림의 서사"로 설명된다. "연어답다"는 기표는 하나의 "포장"에 불과하므로 "연어답지 않다"는 대립물 기표도 아무런 의미의 기능을 수행하지 못한다. 세계는 이것들의 대립물이 아니라 "수천 마리 연어 떼"가 이루는, 규정 불가능한, 복잡한 주름들로 이루어져 있다. 이런 점에서 황명희는 구조주의를 넘어 들뢰즈G. Deleuze적 포스트구조주의의 깊은 자리에 가 있다.

모르는 누군가를 기다리는 일은 빈집에 쌓인 수북한 허밍에 또 허밍을 하는 일 허밍이 허밍을 부르고 또 허밍이 허밍을 부르면 오솔길이 생기고 오솔길 한켠 수북하게 먼지 쌓인 빈집이 보이면 먼지가 불현듯 빈 테이블 위에 오래된 서까래 같은 기다림의 두께를 만든다 목멘 그리움도 아닌데 기다림으로 목이 메고 목멘 기다림도 아닌데 그리움으로 목이 메고 조그만 소리로 불러보는 허밍에는 허밍만이 허밍으로 쌓여가고 여태껏 한 번도 무엇을 팔고 있는 걸 본 적이 없는 허밍테이블 다 저녁 골목길 가로등에는 차례대로 불이 켜져만 가고 가로등 멀리 걸어오는 누군가의 그림자가 얼핏 보인다

따스한 햇볕이 가게 안을 기웃거리거나 허밍이 오솔길을 데려오는 날 그 땐 모르는 누군가가 모르는 누군가를 데리고 허밍을 하며 허밍 테이블에 한 발을 들여놓겠지 주인여자가 허밍을 하며 무언가를

만지고 있고 나는 허밍을 하며 오늘도 허밍테이블
앞을 천천히 지나가고

—「허밍 테이블」부분

이 시의 주석을 따르면 "허밍 테이블"은 황금동 골
목 안에 있는 수제청 가게 이름이다. 이 시집의 제1
부에선 이렇게 이 골목에 있는 무수한 가게 이름들
이 나오지만, 그것들은 그 자체로선 아무런 의미가
없다. 시인의 시선이 그것들을 건드리기 전까지 그것
들은 라이프니츠G. Leibniz의 창 없는 모나드처럼 안
을 들여다볼 수 없다. 그것은 실체이지만 보이지 않으
며 오로지 정신이나 힘, 에너지로 존재할 뿐이다. 시
인이 '시적인 것'의 촉수를 들이댈 때, 가게들의 창이
열리고 그 안의 주름들이 펼쳐진다. 수제청 가게인 "허
밍 테이블"에서 시인은 무수한 소리들의 연속적인 울
림을 듣는다. 하나의 음성(허밍)이 다른 음성을 부르
고, 다른 음성이 또 다른 음성을 부를 때, 오로지 정신
이나 에너지에 불과했던 "허밍 테이블"은 "오솔길"이
되고, "빈집"이 되며, 그 빈집의 "오래된 서까래", 그
리고 그 밑의 오래된 "기다림의 두께"가 된다. 이것들
은 모두 '시적인 것'의 힘이 '창 없는 집'을 건드리기

전까지는 보이지 않던 것들이다. 시인이 호명한 "허밍 테이블"의 주름들은 "누군가의 그림자", 심지어 "누군가가 모르는 누군가를 데리고" 마침내 허밍을 하며 "허밍 테이블" 앞을 천천히 지나가는 시인 화자인 "나"까지 불러낸다. 황명희에게 시인은 이렇게 캄캄한 존재의 창문에 불을 켜는 자이다.

Ⅱ.

황명희 시인은 이 시집의 제2부 전체를 4·3항쟁에 바치고 있다. 2부의 시들은 모두 "탁본"이라는 제목을 가진 열 편의 연작시로 이루어져 있다. 황명희는 탁본을 찍듯이 4·3을 다시 살려내고 있다. 4·3항쟁은 그 안에 얼마나 깊고 아픈 주름들을 많이 가지고 있나. 역사 속에 박제된 4·3이 실체 없는 실체로 잊히는 것을 막는 방법의 하나는 그것의 안 주름들을 바깥으로 자꾸 불러내는 것이다. 황명희의 시적 "탁본"은 그렇게 비가시적인 주름들을 시적 언어로 찍어서 가시적인 것으로 만드는 작업이다. 그가 주목하는 것은 정의도 이데올로기도 아니다. 그가 불러내는 주름은 그 어느 정치적 이슈보다 더 심각한 폭력의 기억이다.

800명 아이들의 얼굴이 하얀 천에 닿아 펄럭거린다 하얀 천 800개가 폭낭에 처연한 위패로 걸려있다 흰 쌀밥 소복한 800그릇이 800명 소복한 아이들의 주린 배를 걱정하고 있다

폭낭의 아이들을 만났다

폭낭 가지에 다닥다닥 옹이처럼 붙어있는 싹둑 목이 잘린 이름들, 동백꽃잎 같은 안과 밖이 투명한 그 꿈들을 만지며 나도 모르게 울었다

죽은 아이들의 영혼처럼 맑은 카메라의 눈이 폭낭 그늘을 들추자 뚝뚝 목이 꺾인 800명의 아이들이 저녁노을 속으로 새떼처럼 날아올랐다

탁본이란 위패 속 아이들을 불러내어 하얀 쌀밥을 배불리 먹이는 일, 역사의 기록이란 죽은 아이들의 죽은 꿈을 두루마리처럼 말아 올려 폭낭의 숲을 울창하게 하는 일

―「탁본 2―폭낭의 아이들」부분

"폭낭의 아이들"은 사유진 감독이 4·3항쟁에서 영문도 모른 채 죽어간 영유아들을 추모하기 위해 만든 다큐 영화(2022)이다. "폭낭"은 팽나무의 제주어이다. 정치적 폭력은 영유아들을 피해 가지 않았다. 그 무지몽매한 총칼로 목숨줄을 끊은 아이들의 숫자가 800명을 넘는다. 이 죽음은 너무나 생생하고 오직 폭력 그 자체 외의 아무것도 아니어서 "안과 밖이 투명"하다. 이 투명한 창을 들여다보고 무슨 말을 더 할 것인가. 이 시 속엔 사건의 원인을 묻는 질문어도 없고 맥락을 설명하는 역사어도 없다. 그냥 "싹둑 목이 잘린" 어린아이들의 이름과 그들에게 바치는 "800그릇"의 "흰 쌀밥"만이 있을 뿐이다. 시인은 그 자체로 아무런 설명조차 필요 없는, 800여 가지 폭력의 주름이 오로지 폭력으로만 펼쳐져 있는 모습을 냉정하게 드러낸다. 한꺼번에 "저녁노을 속으로 새떼처럼 날아" 오르는 아이들은 시인이 불러낸 혼들의 슬픈 주름이다. 시인에게 있어서 시적 "탁본이란 위패 속 아이들을 불러내서 하얀 쌀밥을 배불리 먹이는 일"이다. 불러낸다는 것은 무엇인가. 죽은 것, 보이지 않는 것, 움직이지 않는 것, 잊힌 것들을 깨우는 것이다. 황명희에게서 시란 일상의 모나드를 깨워 그 안의 주름들을 펼쳐 보이는 것이고, 죽어 보이지 않고 움직이지 않으며 잊힌 역사의 "탁본"을 떠서 그 안의 주름들을 다시 호출하는 것이다.

흰 눈 내리는 1월 한경읍 판포리 집에서 일어난 일이었대요 토벌대의 총탄에 할머니의 아래턱이 날아갔대요 나뭇가지에 앉아 있던 새들 캄캄한 하늘로 부리를 숨기고, 고운 그 이름 진아영은 아래턱과 함께 멀리 멀리 사라졌대요 파도는 밤새 제 가슴 철썩이며 사라진 이름을 불러대었고 갈매기도 끼룩끼룩 제 몸 두드리며 검은 울음을 토해댔겠죠 총 맞은 아래턱과 함께 총 맞아 산산이 흩어진 이름 진아영, 그 이름 부르다 붉어진 동백꽃도 제 모가지를 수북하게 떨구었대요

잃어버린 이름의 기억만 서성거리는 검은 골목길을 버리고 한림읍 사촌 언니 동네를 찾았습니다 한경읍에서 한림읍까지 그 긴 신작로 어느 지점에 왈칵 쏟아지던 햇빛 같은 이름 진아영은 기억 속 낯선 할머니의 흑백 인생 한 도막이었습니다 떨어져 나간 턱의 상처를 무명천으로 싸매고 고향 떠난 진아

영 할머니는 한평생을 무명천 할머니로 살았습니다

—「탁본 8-잃어버린 이름」 부분

이 시에서도 시인은 잔악무도한 폭력의 정치적, 역사적 맥락에 대하여 아무런 설명도 하지 않는다. 시인의 4·3을 지배하는 것은 로고스가 아니라 파토스이다. 그에게 4·3사건은 정치적 올바름political correctness의 범주를 넘어선 슬픔이고 울음이다. 총탄에 아래턱을 잃어 무명천으로 상처를 싸매고 이름 대신 평생을 "무명천 할머니"로 살아간 "진아영"에게 과연 정치적 올바름이란 무엇이었을까. 그녀의 사라진 턱은 잘못된 정치적 선택의 결과였을까. 4·3사건에서 시인이 본 폭력은 항상 정치적 대의를 넘어 모든 것을 압도하는 초월적 힘이었다. 그러므로 4·3의 아픈 주름을 이해하는 순서는 정치→폭력이 아니라 (초월적 기표인) 폭력→정치가 되어야 한다. 도저히 덮어둘 수 없는 것은 정치적 오류가 아니라 정도를 넘어선 폭력이었고 (수만 명의) "총 맞아 산산이 흩어진 이름"들이었기 때문이다.

III.

황명희가 만들어 내는 세 번째 계열은 첫 번째와 두 번째 계열처럼 크로노토프chronotope를 한정하지 않은 기억과 시간으로 구성된다. 그것들은 현재이거나 과거이되 널리 볼 때 역사의 시간으로 숙성되고 있는 모나드들이다. 시인은 그것들에게 색깔과 촉감을 부여하여 그것들의 비가시적인 주름을 가시적인 주름으로 만든다.

빗방울에 흔들리는 초록은 가장자리만 감싸 안긴 먼 훗날입니다

빗방울들 후두두둑 뛰어내리면 초록 잎들 밑에 숨어있던 소리의 입술들이 왁자지껄하지요 새들이 초록 귀를 달고 나뭇가지에 하나 둘 내려앉습니다

소리들이 오래된 미래로 등을 구부리는 그런 아침입니다 베란다 창문을 열어젖히면 내 이름을 부르는 소리가 여기저기 유리창으로 둥글게 흘러내립니다

빗방울들은 당신이 부르는 소리의 정령이라고 할
게요

　　　　　　　　　　　　ㅡ「새들이 초록 귀를 달고」부분


　표제작인 이 시엔 현재의 황금동 혹은 4·3 제주와
같은 특정한 크로노토프가 없다. 그러나 시인이 여전
히 잠든 세계를 깨워 그것의 내부를 펼치는 방식엔 크
게 다를 바가 없다. "빗방울에 흔들리는 초록"은 그렇
게 안 주름이 막 펴지기 시작할 때의 모나드이다. 시
인은 이것을 "가장자리만 감싸 안긴 먼 훗날"이라 칭
한다. 빗방울이 초록 잎들을 "후두두둑" 두드리면 그
제야 그 아래 숨어있던 "소리의 입술들이 왁자지껄"
떠든다. '왁자지껄'은 세계의 내부가 펼쳐질 때 내는
시끄러운 소리이다. 그것들을 따라 나무 위의 새들도
"초록 귀를 달고 나뭇가지에 하나 둘" 내려앉는다. 시
인은 이렇게 '시적인 것'의 촉수가 모나드들의 주름들
을 드러내고 펼치는 과정을 보여준다. 펼쳐진 안 주
름들의 연속체는 현재를 "오래된 미래"로 이끈다. 모
나드에 시간성이 부여될 때 존재성이 생겨난다. 세계
가 이렇게 활성화되고 나서야, 시적 화자는 비로소
"내 이름을 부르는 소리"를 듣는다. 그 소리는 이쪽의

주름과 저쪽의 주름이 활짝 펼쳐져 마주칠 때 생기는
새로운 주름이다.

알타이 원주민은 사랑하는 사람이 죽으면 부활할
수 있도록 나무에 붉은 끈을 매 둔다고 한다
그들은 붉은 끈이 행여나 바람에 날려갈까 꼭꼭
동여맸을 것이다

붉은 끈 바람에 나부낄 때마다 이승과 저승이 왔
다갔다 경건하게 흔들렸다 하지만 나무는 삭아버
린 지 오래, 삭아버린 나무 밑둥치에서 고인의 마음
을 증명이라도 하듯 나이테가 자라났다 염원이 닿
은 흔적들

수학여행에서 돌아오지 못한 아이들의 이름표
에 친친 붉은 끈을 동여매고 돌아선 지 몇 해, 시
월의 어느 날 서러운 발자국들이 절뚝거리며 골목
어귀로 우르르 몰려간 날이 있었다 발자국들의 틈
을 발자국들이 막아 골목을 증발시키고 시월의 축
제는 박제가 되어 여기저기 나뒹굴었다 나무를 찾
아 붉은 끈을 매려고 발버둥치는 발자국들의 아우

성 사이로 별빛만 실시간으로 붉은 끈에 꿰어지고
있었다

—「붉은 끈」 부분

이 시에서 "붉은 끈"은 죽음을 사라진 것, 잊힌 것
으로 끝나지 않게 만드는 부적이자 주술이다. 그것은
죽은 것을 건드려 "부활"을 꿈꾸게 한다. 죽은 것은
그 자체의 힘으로 부활하지 못하므로 죽음의 주름을
불러내 이승에 펼치는 것은 산 자들의 몫이다. 산 자
들이 "붉은 끈"의 주술을 욀 때, "이승과 저승이 왔다
갔다" 흔들린다. 죽은 나무 밑둥치에서 나이테가 자
라나듯, "붉은 끈"의 주문은 "염원"처럼 오랜 시간 지
속된다. 시인은 알타이 원주민의 장례 문화를 이야기
하다가 세월호에서 죽어간 아이들("수학여행에서 돌
아오지 못한 아이들")과 이태원 사건에서 죽어간 사
람들("시월의 축제는 박제가 되어")을 소환한다. 시
인은 알타이 원주민에게서 가져온 붉은 끈으로 이 땅
에서 죽어간 사람들의 원혼을, 그들의 슬픈 겉주름과
안주름을 불러낸다.

지금까지 살펴본 것처럼, 황명희는 박제가 된, 굳어
서 돌이 된 세계를 건드려 주름의 축제로 만든다. '시

적인 것'의 촉수가 창문 없는 실체를 건드릴 때 일상
과 역사의 주름들이 창밖으로 걸어 나온다. 그의 시
들은 화석화된 존재의 내밀한 사연을 액체화하여 흐
르게 한다. 그는 현재를 호출하고 과거를 소환할 뿐
만 아니라 현재를 역사화한다. 그러므로 그에게 모든
현재는 오래된 미래이다. 그의 시들은 기억과 오래
된 미래 사이에 존재하는 아름답고 슬픈 주름들이다.

시와반시 기획시인선 031

**새들이 초록 귀를 달고**

펴낸날 | 2024년 8월 15일 초판 1쇄

지은이 | 황명희
펴낸이 | 강현국
펴낸곳 | 도서출판 시와반시

등록 | 2011년 10월 21일 등록(제25100-2011-000034호)
주소 | 대구광역시 수성구 지산로 14길 83, 101-2408호
전화 | (053) 654-0027
전송 | (053) 622-0377
전자우편 | khguk92@hanmail.net

ISBN 978-89-8345-159-0   03810

  대구광역시 DAEGU METROPOLITAN CITY    대구문화예술진흥원 Daegu Foundation for Culture & Arts

*이 책은 2024 대구문화예술진흥원 문학작품집발간지원으로 출간되었습니다.
*이 책 내용의 전부 또는 일부를 재사용하려면 반드시 저작권자와 시와반시사
 양측의 동의를 받아야 합니다.
*잘못 만들어진 책은 바꾸어 드립니다.